Mis abuelos y yo

My Grandparents and I

Por / By Samuel Caraballo

Ilustraciones de / Illustrations by D. Nina Cruz

Traducido al inglés por / English translation by Ethriam Cash Brammer

Piñata Books
Arte Público Press
Houston, Texas

La publicación de *Mis abuelos y yo* ha sido subvencionada por el Fondo Clayton y la ciudad de Houston a través del Houston Arts Alliance. Les agradecemos su apoyo.

Publication of *My Grandparents and I* is made possible through support from the Clayton Fund and the City of Houston through the Houston Arts Alliance. We are grateful for their support.

¡Los libros Piñata están llenos de sorpresas!
Piñata Books are full of surprises!

Piñata Books
An Imprint of Arte Público Press
University of Houston
452 Cullen Performance Hall
Houston, Texas 77204-2004

Caraballo, Samuel.
    Mis abuelos y yo = *My Grandparents and I* / by Samuel Caraballo; with illustrations by D. Nina Cruz; English-language translation by Ethriam Cash Brammer.
        p.   cm.
    ISBN 978-1-55885-407-9 (alk. paper)
    [1. Grandparents—Fiction.   2. Seasons—Fiction. 3. Puerto Rico—Fiction. 4. Stories in rhyme. 5. Spanish language materials—Bilingual.] I. Title: My grandparents and I.
II. Cruz, D. Nina, ill.   III. Brammer, Ethriam Cash.   IV. Title.
    PZ74.3.C277 2003
    [E]—dc21
                                                                                            2003051787
                                                                                            CIP

♾ The paper used in this publication meets the requirements of the American National Standard for Permanence of Paper for Printed Library Materials Z39.48-1984.

7 8 9 0 1 2 3 4 5 6   0 9 8 7 6 5 4 3 2

*En memoria de don Eugenio, doña Eusebia, don Enrique y doña María Inés,
y para los abuelitos del mundo, porque ellos nos inspiran a amar la vida.
Un agradecimiento especial nuevamente a la Dra. Frances Spuler.*
—S.C.

Para Santos y Haydee, mis razones por sobrevivir todo.
—D.N.C

*In memory of Eugenio, Eusebia, Enrique, and María Inés, and to
grandparents throughout the world, because they inspire us to love life.
A special thanks once again to Dr. Frances Spuler.*
—S.C.

For Santos and Haydee, my reasons for surviving it all.
—D.N.C

Mis abuelos son mi vida,
mi manojito de rosas,
mi música preferida,
mis prenditas más valiosas.

My grandparents are my universe.
They are my rosy bouquet,
my favorite musical verse,
and my most prized treasure.

Mis días junto a ellos
son días sin comparación.
Sin duda, son los más bellos:
¡Ternura! ¡Paz! ¡Baile! ¡Canción!

The days spent with my grandparents
are days simply beyond compare.
Without a doubt, they are the best:
Peace and love! Dance and song to share!

Nuestros fines de semana
son fiestas en la cocina:
flanes, pudín de bananas,
bizcochos y gelatinas.

We always spend the weekend
throwing parties in the kitchen:
With custard and banana pudding,
frosty cakes and gelatin.

Son alegría, sorpresa
nuestros días de paseos
al andar por La Fortaleza,
El Morro y los museos.

Full of surprises and happiness
are our days of leisurely stroll
at the museums, the old fortress
and the castle of El Morro.

Al llegar la primavera
siempre entramos al jardín
a rociar con la manguera
el perfumadito jazmín.

When springtime finally comes,
we run out to the garden
to play with the water hose
and spray the perfumed jasmine.

Vamos en las frescas noches
a retratar los cruceros,
y a admirar los coches
que llegan en los cargueros.

el Coquí

On cool nights, under the stars,
we take pictures of cruise-liners
and admire all of the cars
that arrive on big freighters.

También miramos la luna
alumbrar el horizonte,
teñir de azul la duna
y los árboles del monte.

We also watch the moon
lighting up the horizon,
tinting the sand dunes blue
and the trees upon the mountain.

En el tórrido verano
retozamos por la playa,
y con carnada en mano
perseguimos a la raya.

Under sunny summer rays,
we frolic through the sands
and chase after stingrays
with fresh bait in our hands.

Volamos los papalotes
hasta que tocan el cielo.
Luego, entre abrazotes,
damos vueltas por el suelo.

We fly our kites so high
that they seem to touch the sky.
Then, on the ground below,
we hug, and around and around we go.

En los días otoñales
gozamos del gran recital
que entonan los zorzales
en la plaza municipal.

Over the autumn hush
we delight in the concert there
provided by the wood thrush
in the town's main square.

Caminamos por los puentes
disfrutando de la brisa,
compartiendo con la gente
un saludo o una sonrisa.

We walk across the bridges
with other people sharing,
the salty ocean breezes,
warm smiles and gracious greetings.

Las fiestas de Navidad
celebramos bien juntitos
cantando de felicidad,
abriendo los regalitos.

During Christmas gaiety,
we sing together happily,
we celebrate our unity,
we open presents thankfully.

Mis abuelos son mi vida,
mi manojito de rosas,
mi música preferida,
mis prenditas más valiosas.

My grandparents are my universe.
They are my rosy bouquet,
my favorite musical verse,
and my most prized treasure.

Mis abuelos son mi vida,
mi manojito de rosas,
mi música preferida,
mis prenditas más valiosas.

Mis días junto a ellos
son días sin comparación.
Sin duda, son los más bellos:
¡Ternura! ¡Paz! ¡Baile! ¡Canción!

Nuestros fines de semana
son fiestas en la cocina:
flanes, pudín de bananas,
bizcochos y gelatinas.

Son alegría, sorpresa
nuestros días de paseos
al andar por La Fortaleza,
El Morro y los museos.

Al llegar la primavera
siempre entramos al jardín
a rociar con la manguera
el perfumadito jazmín.

Vamos en las frescas noches
a retratar los cruceros,
y a admirar los coches
que llegan en los cargueros.

También miramos la luna
alumbrar el horizonte,
teñir de azul la duna
y los árboles del monte.

En el tórrido verano
retozamos por la playa,
y con carnada en mano
perseguimos a la raya.

Volamos los papalotes
hasta que tocan el cielo.
Luego, entre abrazotes,
damos vueltas por el suelo.

En los días otoñales
gozamos del gran recital
que entonan los zorzales
en la plaza municipal.

Caminamos por los puentes
disfrutando de la brisa,
compartiendo con la gente
un saludo o una sonrisa.

Las fiestas de Navidad
celebramos bien juntitos
cantando de felicidad,
abriendo los regalitos.

Mis abuelos son mi vida,
mi manojito de rosas,
mi música preferida,
mis prenditas más valiosas.

My grandparents are my universe.
They are my rosy bouquet,
my favorite musical verse,
and my most prized treasure.

The days spent with my grandparents
are days simply beyond compare.
Without doubt, they are the best:
Peace and love! Dance and song to share!

We always spend the weekend
Throwing parties in the kitchen:
With custard and banana pudding,
frosty cakes and gelatin.

Full of surprises and happiness
are our days of leisurely stroll
at the museums, the old fortress
and the castle of El Morro.

When springtime comes,
we run out to the garden
to play with the water hose
and spray the perfumed jasmine.

On cool nights, under the stars,
we take pictures of cruise-liners
and admire all of the cars
that arrive on big freighters.

We also watch the moon
light up the horizon,
tinting the sand dunes blue
and the trees upon the mountain.

Under sunny summer rays,
we frolic through the sands
and chase after stingrays
with fresh bait in our hands.

We fly our kites so high
That they seem to touch the sky.
Then, on the ground below,
we hug, and around and around we go.

Over the autumn hush
we delight in the concert there
provided by the wood thrush
in the town's main square.

We walk across the bridges
with other people sharing,
the salty ocean breezes,
warm smiles and gracious greetings.

During Christmas gaiety,
we sing together happily,
we celebrate our unity,
we open presents thankfully.

My grandparents are my universe.
They are my rosy bouquet,
my favorite musical verse,
and my most prized treasure.

Samuel Caraballo nació en Vieques, una pequeña y hermosa isla cerca de la costa este de Puerto Rico. Pasó muchos días de su niñez jugando en las colinas del campo y recogiendo mangos y guayabas, sus frutas tropicales favoritas. Ha servido como intérprete en juicios de hispanos y ha dedicado muchos años a la enseñanza del español en varias escuelas públicas de los Estados Unidos. En la actualidad, vive en Virginia con su familia. Le fascinan la pintura, la pesca y escribir poesía.

Samuel Caraballo was born in Vieques, a gorgeous tiny island located off the east coast of Puerto Rico. He spent many of his childhood days playing in the countryside hills and picking mangos and guavas, his favorite tropical fruits. He has served as interpreter for Spanish-speakers in court, and he has also dedicated many years to teaching Spanish in several public schools in the United States. He currently lives in Virginia with his family. He loves painting, fishing and writing poetry.

D. Nina Cruz creció en distintos lugares. Con su hermana y dos hermanos su niñez fue una aventura. Cuando niña se encontraba siempre soñando y dibujando —una combinación que naturalmente la ha llevado a ilustrar libros para niños. En sus obras se encuentran lugares en donde ha estado y colores que reflejan su cultura latina. Si crees que has visto a Nina, hay una forma segura de saberlo: ella es la única adulta en busca de palancas escondidas que te llevan a pasadizos secretos. Nina disfruta viviendo en New Jersey y jugando con sus once sobrinos.

D. Nina Cruz grew up in many places. Along with her sister and two brothers, childhood was an adventure. As a young girl you could always find her daydreaming or drawing—a combination that has naturally led her to illustrate children's books. Her paintings carry within them places she has visited and colors that reflect her Latino culture. If you think you have spotted Nina in a room, there is one sure way to tell: she would be the only adult checking for hidden levers to secret underground passages. Nina enjoys living in New Jersey and spending time with her eleven nieces and nephews.